小華麗
在華麗小鎮

周芬伶◎著
賴昀姿◎圖

目錄

名家推薦

琹涵（名作家）：

周芬伶的才情出眾，加以努力過人，故而作品精緻雋永，大受讀者的喜愛。即使是童書，也能老少咸宜。

《小華麗在華麗小鎮》寫的是一個叫華麗的小女生，跟著獸醫父親，在一個颱風天從臺北來到偏鄉華麗鎮，那是去世多年母親的故鄉。精彩的故事從此展開。有天真的心、純樸的原住民、朋友間的真摯，以及原住民的生活習俗，最後歸結到對土地的保護和愛。

有趣的情節穿插，生動的表達手法，周芬伶的文學彩筆從來都令人驚嘆！

【推薦序】

華麗的冒險

侯文詠

從華麗小妹妹和爸爸頂著大風雨初到華麗鎮開始，周芬伶就用她的才氣與想像力，給我們的華麗下馬威。有文字天才華麗小妹妹的繞口令、數字天才老爸的小計算機，還有在雨中溼答答的像塊髒兮兮抹布的黑布森林，破舊的醫院，以及獸醫老爸接管的「大野醫院」變成了道地的「大野獸醫院」。作者在這故事還沒開始之前，就安排了這麼生動的場景與人物，讓我們眼睛為之一亮。接下來的白布森林、黑布森林、綠布森林，以及想像中的醫院像航向非洲的船，遠方還有鯨魚、海鷗，都像是看著卡通影片，叫人像看精采的史蒂芬史匹柏電影一樣，充滿期待。

我以為我會看到一個充滿想像、爆炸力的童話世界，然而這個期待隨著故事人物潘安、白小姐、巴夏花、潘姑姑、巴顏、巴藍的出現，離我所想的愈來愈遠。

周芬伶與華麗小妹妹共同拋出了一個問題給我們：

華麗鎮為什麼叫作華麗鎮？

還有，

傳說中的華麗，真有其人？

在故事中，出現了幾版不同的說法：

潘安版的說法是酋長的女兒。因為漢人壟首的女兒走失，懷疑是原住民把她藏起來，要求相對以華麗為人質。最後是一場誤會，為了紀念華麗，於是把這個地方叫做華麗鎮。

巴夏花版的說法華麗是過去原住民的女巫師，因為說服頭目和漢人訂定和平約定，被懷疑為叛徒而遭暗殺。後來被原住民平反，成了黑布森林的守護神。

看到這裡，我很清楚周芬伶擺明了她不是要寫那種甜甜淡淡涼涼的兒童故事。她辛苦地建立出遊走在想像與現實邊緣的世界。

作者有話要說。

接著就輪到我擔心了。我看兒童故事最怕作者有話要說。因為兒童最不耐說教，而有話要說的作者很容易就說了一堆話，然後忘了故事本身的趣味性，以及故事本身的生命。弄得最後作者是過癮了，可是兒童好無辜，看不下去，讀故事書像讀課本，不曉得該怎麼辦才好。

不過周芬伶倒還是四平八穩，她不但描寫華麗拉攏潘姑姑和爸爸，而處處排斥像個千金的白小姐，還帶我們去原住民部落參觀成年儀式，到黑布森林探險，甚至與巴夏花一起進入森林作法念咒，一起去尋找華麗傳說的答案。

這些情節使得故事充滿了張力與趣味性，同時透過兒童的眼光，我們以最沒有偏見的眼光、沒有預設的立場去審視這一些原本可能遭受扭曲的事物。

「樹越來越少，當然要種了，你知道我們地球上每年有多少樹林在消失？」

「有一百萬棵嗎？」

「不只，大約是一千一百到兩千萬公頃的林地。」

「嘩，這麼多，是真的？」

「森林就好像一個大城市，大樹是摩天大樓，小樹是公寓樓房，草木植物是住家和商店。如果這些樓房被破壞，樓房下的土地也會消失不見。森林好比一個大水庫，它幫我們貯存乾淨的地下水，消容百分之七十的雨水，如果沒有它們，樓房都要倒塌的。」

因為體會過自然美好，所以有了關心，看到這段文字我們不再覺得置身事外。也聞不到任何說教的味道。特別是最後，森林落入一場生死存亡之爭時，我們不知不覺義憤填膺，也跟著熱血沸騰。

在一場森林大火之後，真相大白。所有的事情都有了實現的

著力點。華麗也驀然發現白小姐是個保護環境的天使，改變了她原來的看法。華麗到了華麗小鎮，是一場華麗的冒險，也是一場成長之旅。我們跟著華麗，不但受了大自然的洗禮，也學會千萬不要以任何偏見，或是預設的立場看待任何事物。

我寫這麼多，不曉得我們的小朋友都看懂這些嗎？

恐怕還需要一點大人的幫忙。

不過不管如何，光是故事本身就是精采的。只看了故事，也覺得十分過癮。華麗的冒險，其實也是周芬伶寫作兒童故事試圖結合想像與現實的大冒險。做為一個挑剔的閱讀者，我已經捏夠了冷汗。現在鬆了一口氣。要向用心良苦的周芬伶敬禮。

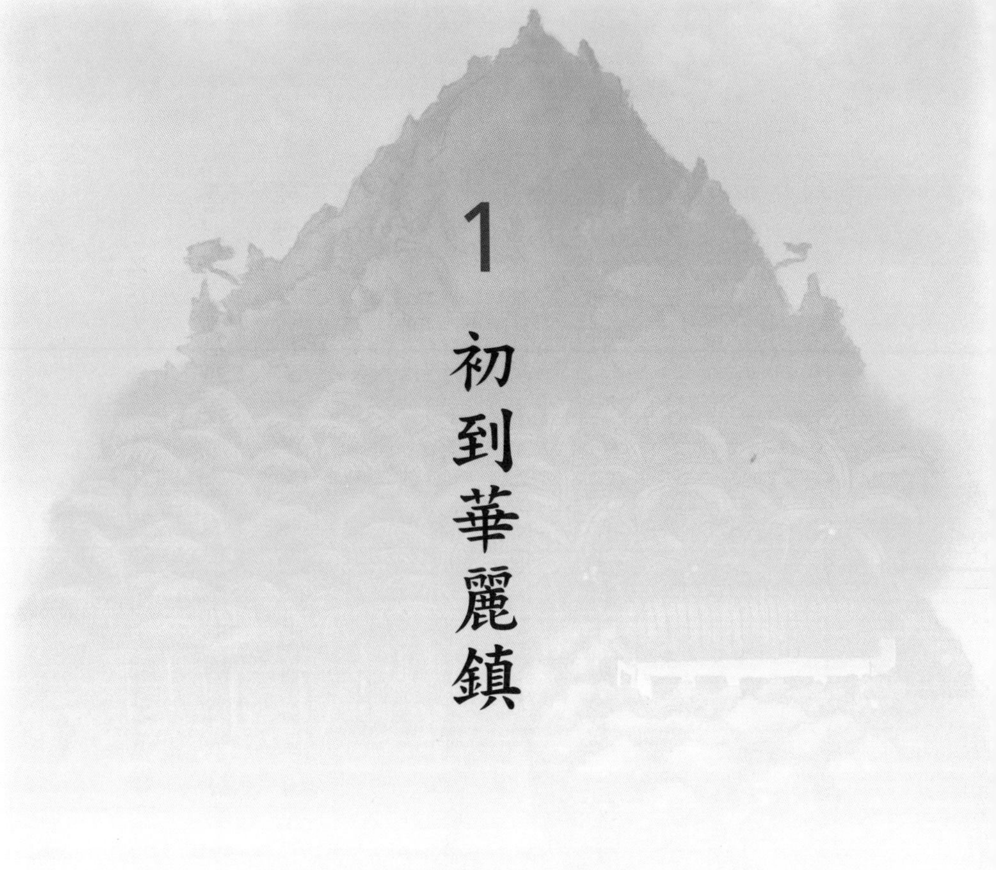

1 初到華麗鎮

爸爸開車帶我到華麗鎮，那天正好瑪琳颱風過境，破舊的小發財車一路跳舞，真怕它在半路突然粉身碎骨。我們的行李少得可憐，只有一張書桌、兩個皮箱、三箱書，還有一張媽媽的放大照片。

爸爸興奮得不時扶眼鏡說：「華麗，你看這就是華麗鎮，它的名字跟你的名字一樣哦，也是你媽媽的故鄉，那邊就是我常跟你說的黑布森林。」爸爸搖下玻璃窗，車子跳得更厲害了，在風雨中的黑布森林果然像一大塊溼答答髒兮兮的抹布。「你說——咳——咳——好不好玩？」風太大了，害我們吃了一肚子風：「一點都不好玩，咻——咻——我看它應該叫做破布——咻——

咻——森林。」一樣是吃風，我們發出的聲音卻不一樣，「你這挑剔鬼，刀子嘴，明天放晴，你就知道這裡有多好——咳——咳。」第一次到華麗鎮，我們就這樣一路發著怪聲吼到目

的地。

結果第二天風雨停了，全鎮被颱風掃得亂七八糟，馬路上到處是斷樹、破瓦、寶特瓶，廣告招牌搖來搖去，有的少了好幾個字，還有好多好多的塑膠袋，好像全世界的塑膠袋都流到這裡來了。更令人失望的是，在爸爸口中「堂皇氣派」的房子，不過就是一棟破舊的陳年古蹟，裡面陰森森的，還有很濃的霉味和消毒水的味道，我覺得簡直是受騙了。

我們在臺北本來住得好好的，雖然媽媽去世好幾年了，爸爸跟我卻是一對「好拍檔」，我們難過的時候說笑話互相安慰，快樂的時候一起吹口哨「吼」歌，我管煮飯、洗衣，他管賺錢，雖然我不太會煮飯洗衣，他也不太會賺錢，我們卻過得很「幸福」。沒有想到外公突然去世，指定爸爸繼承他的醫院，我們只好來到這醜不拉幾的華麗鎮。

我認為爸爸是個「怪物」，他喜歡講故事，講「黑布森林」的故事，一面講一面畫黑板，故事講完，黑板變白板；他是個獸醫卻喜歡數字，身上隨時帶著小計算機，走到哪裡打到哪裡，如果你跟他說：「今天我們去露營，走了好久好久才到。」他會說：「到底多久，告訴我確定的數字。」如果你告訴他時間，他便開始找地圖，打計算機，然後告訴你甲地到乙地，一共幾公里幾公尺，我們走路的平均時速，我每次被他弄得腦筋打好幾個

結；他跟朋友合開獸醫診所，牆上掛一張寫得密密麻麻的價目表，告訴你第一次掛號費多少，第二次掛號費多少，手續費、注射費、藥劑費，爸爸的診所生意不好，我想可能是這張價目表太複雜的關係。這也就是為什麼我們會搬到華麗鎮來囉！

光是打掃這個破房子，就花掉我們三天的時間。它是一棟老式的二層樓房，就在小鎮「三山國王廟」的斜對面，正對面是農藥行，隔壁是美容院還有香燭店，如果你站在廟門口就會看到破得不能再破的招牌「大野醫院」，我從沒聽過醫院叫「大野」的，問爸爸為什麼取這麼怪的名字，爸爸扶了扶眼鏡說：「這裡面有點複雜，讓我來說明一下，這家醫院已經有七十五年歷史了，日據時代開業的醫生是個日本人叫『大野次郎』的，他是外公的好朋友，後來臺灣光復，大野先生回日本，醫院由外公接辦，為了紀念他們的友誼，醫院名稱一直用到現在。」

「我覺得醫院應該叫『和平』或『大順』才像個醫院。」

「為了感謝外公的好意，他一直怕我們父女過得不好，才把醫院留給爸爸，我看我們還是不要改。」

爸爸是個獸醫，於是「大野醫院」就變成「大野獸醫院」，這個名字真好玩，我整天歪頭歪腦地研究這個招牌，你可以唸成「大野獸」「醫院」；或者「大野」「獸醫院」；或者「大野獸」「獸醫」「院」，不久我就編了一串新的繞口令。

華麗的繞口令

大野獸醫院有個獸醫生
獸醫生專醫大野獸
獸醫生不是大野獸
大野獸都到獸醫院

爸爸都叫我「怪孩子」，其實我一點也不怪，只是喜歡繞口令，我天生有這個本事，聽說我六個月就會講話，第一個會講的話不是爸爸媽媽，而是花花，滿一歲半就會第一個繞口令「花花漂漂，麗麗漂漂，麗麗愛漂漂，爸爸不愛漂漂」；四歲上幼稚園，六歲時老師要我們準備講一個故事，我講的是一個笑話：「很久很久以前，媽媽問爸爸：『你要去哪裡？』爸爸說：『我要去那裡。』媽媽說：『那裡是哪裡？』爸爸說：『那裡是你不喜歡我去的那裡。』媽媽說：『到底你說的那裡是哪裡？』爸爸說：『就是「那裡咖啡館」嘛！』」

爸爸常說他是「數字天才」，我是「文字天才」，其實我覺得我是破壞文字天才，我常把字顛倒寫，「山」寫成「[illegible]」；「森」寫成「[illegible]」；「華麗」寫成「麗華」；大概我覺得「麗華」比「華麗」好聽，「華麗」聽起來像「發綠」，誰願意發綠呢？因為媽媽懷我時，夢見一片花花綠綠的大花園，又為了紀念她的故鄉「華麗」，才幫我取這個名字。發綠就發綠吧！總比發黑好。

2 大野獸到獸醫院

這間破醫院，左看右看都沒什麼好玩的地方，我們的家具又太少，房子顯得空蕩蕩的，磨石子的樓梯扶手上嵌著彩色磁磚，摸起來冰冰涼涼的，讓人覺得孤單極了。

以前跟爸爸擠在又破又小的套房裡，覺得很溫暖，現在來到這陌生的地方，又是媽媽生長的地方，屋裡到處是她的照片，我覺得很難過很想哭。

我總是在空蕩蕩的房子裡跳繩，聽自己重重的腳步聲，或者一口氣衝上二樓，然後推開玻璃門到小陽台上透口氣，這半圓形的小陽台很小，只能站一個人，四邊圍著雕花的鐵欄杆，懸在空中，很像船上的瞭望台。

我常想像自己是站在船上，我們的船正航向非洲，大海在我的四周，遠方有鯨魚在游，我的手握起來是個望遠鏡，可以望得很遠很遠。

有一天我正在航海，前方出現一群海鷗——應該是鴿子。牠們「啪啪啪」地飛來飛去，好像海浪的聲音，我得意極了，將輪盤轉向東經三十八度，忽然在我的望遠鏡裡出現一個男孩，他站在天上——是三樓樓頂，揮著訊號旗幟，海鷗（鴿子）隨著他的訊號飛來飛去，他身邊有一隻大狼狗也跟著跳來跳去，在鴿舍上跳舞，這太危險了，我的手揮來揮去，希望他看到我的「危險訊號」，我的訊號無效，只好大叫：「不要呀！快掉下來了！」我

話還沒說完，那「天狗」就從「天上」滾下來了，接著是一陣嗚嗚的狂叫。

那男孩看狗受傷，生氣地對船長（我）大叫：「小鬼，都是你害的啦！我的狗流血了，你賠我！」

「是你們自己不小心，我打了好多訊號，是

你自己沒看見。」

「你從哪裡來的，從來沒見過你，我看你一定是小偷，那房子好久沒人住了，我知道了，你一定是去偷東西的，還害我的狗受傷，你最好趕快走，否則我揍扁你。臭小鬼。」

「你才是臭小鬼，有本事你就過來啊，只會亂吼亂叫。」

「不要叫我小鬼，我四年級了，我一拳就會把你揍得扁扁的。」

「小鬼！」

「我不是小鬼！」

「大鬼！」

「叫我大哥！」

「大哥鬼，鬼大哥！」

「住嘴！」

這個人真番，叫我小鬼，把我看成男生，又把我當小偷，說也說不清，乾脆不理他進屋去，只聽到他像瘋子一樣又吼又叫：「下次你不要被我碰見，小心我揍扁你。」

隔天，下樓時遠遠的就聽到那男孩擔心地在問爸爸：「醫生，你看牠以後會不會不能走路？」

「不會，沒那麼嚴重，只是輕微骨折，包紮好後，不能讓牠亂動，知道嗎？」

「醫生，你們家昨天是不是鬧小偷？」

「沒有呀！我們這裡沒什麼可偷的，小偷都怕我哩！」

「我昨天看到——」說到這裡我趕忙進診療室，那男孩看到我，眼睛睜得好大，舌頭伸得好長說：「你是女生？」

爸爸說：「原來你們認識？」

「他說要揍扁我。」

爸爸帶笑地看他：「是嗎？」

他又伸了伸舌頭：「我認識的女生頭髮沒像她這麼短的，醫生，她是你的誰呢？」

「你猜呢？」

「我猜是女兒。」

「答對了，真聰明呀！白痴。」

「華麗，不要亂罵人，他叫潘子安，住在對面農藥行，以後大家都是鄰居了，要互相照應哦！」

「潘安啊？差太多了吧？」

潘安不停搔那像滷蛋似的大頭，露出兩顆兔牙，笑得好呆。

他就是我在華麗鎮認識的第一個朋友。

潘安帶我去參觀他的鴿舍，並向我介紹他的狗「潘彼得」，誰看過一臉可憐相走路跛跛的「潘彼得」！我問他：

「為什麼叫這個怪名字，聽起來不像狗的名字。」

「只要我喜歡有什麼不可以？潘彼得跟我一樣都姓潘，我喜歡小飛俠，長大以後我要當飛行員，要不然當太空人，飛行滋味一定很棒。」

「傻瓜，潘彼得的潘跟你的潘不一樣啦！」

「那有什麼關係，反正我認為一樣就是一樣。」

看來他滿固執的，我又問他：

「這些都是你的寵物嗎？」

「笨蛋，鴿子是家禽，潘彼得是我的好朋友。」

「你才笨蛋，人們養寵物都說是牠的好朋友，結果生病的時候，或者變醜了就不要牠們了。」

「我才不會，我讀一年級的時候就養潘彼得，我們一輩子都不會分開。」看他跟潘彼得親熱的樣子，我也相信他不會。

「以前我爸爸替動物看病，人家都搞不清我們是開寵物店還是開診所，常常有人進來問：『你們這裡賣狗嗎？賣貓嗎？』我就很生氣地跟他們說：『我們這裡什麼都不賣，你要不要賣？』」

「這麼兇，客人都被你嚇跑了！」

「本來就是嘛！我看到的寵物不是生病就是受傷，有的後來就死了，所以我從來不養寵物，牠們太可憐了。」

「你太愛胡思亂想了，我才沒想那麼多，我覺得你有點怪怪的。」

「哪裡怪？」

「譬如說你講話粗裡粗氣的，又譬如說你的名字，什麼不好叫，叫華麗，跟一個地方同一個名字，就好像一個人的名字叫臺灣或美國一樣。」

「才不一樣，我媽說『華麗』是她的故鄉，在她的心中『華麗』是最美的兩個字。」

「你知道嗎？真的有一個人她的名字也叫華麗，這個鎮是為紀念她才叫這個名字。」

「真的？說給我聽！為什麼我爸爸都不說？」

「我也是聽大人說的，好像是說很久以前，大約是三百年前吧，這裡是一大片樹林，有一條河從中間流過，把樹林分成四塊，它們是白布森林、黑布森林、紅布森林、綠布森林，黑布森林以前叫『巴賴剔康森林』，山地話的意思叫『黑絹布』，因為這裡的樹林很茂盛，都是原始熱帶林，很漂亮的，那時候原住民住白布森林、黑布森林；漢人住紅布森林、綠布森林，他們隔著河流住在一起，本來都平安無事，可是，有一年鬧乾旱，流水都乾枯了，原住民跟漢人為了爭水源起了衝突，漢人在打鬥中打死一個原住民老人，結果隔幾天，他們趁著夜晚出草。」

「什麼叫『出草』？」

「就是獵人頭嘛！」

「好恐怖啊！真有獵人頭這種事啊，我以為只有故事裡才有。」

「這是他們的習俗啊！那是好久以前的事，說不定，我們的祖先也獵人頭啊！」

「然後呢？」

「然後，他們趁著『出草』，殺了好多漢人，漢人為了報復也殺了好多原住民，反正兩邊就這麼殺來殺去。一直到有一次一個漢人墾首的女兒失蹤——。」

「等一等，什麼叫墾首？」

「墾首是指臺灣早期開墾山林的首領。大家都咬定原住民殺害她，或把她藏起來，說如果不交出人來就要報復。原住民否認這件事，談判的結果是漢人要原住民也交出酋長的女兒當人質，一直等到找到墾首的女兒，才把她放回去。原住民這邊當然不肯囉，那時候兩邊的誤會很深，事情一直僵了很久，這時酋長的女兒叫『華麗』；華麗是山地話『女孩』的意思——」

「啊！原來真的有另外一個華麗。你有沒有吹牛？你發誓沒有吹牛！」

潘安說：「你知道我的綽號叫什麼嗎？『大蓋仙』就是本人，不過這次我絕對沒蓋你，可能也許說不定有一些地方記錯了。」

「少嚕嗦！華麗後來怎樣了？」

「華麗的兩個哥哥在這之前已被漢人殺死了，她怕漢人再來殺害族人，於是就一個人穿過白布森林，想到河的那邊去，可是不知道怎麼搞的，那一天森林起了一場大火，大火燒了一天一夜把白布森林燒得一乾二淨，華麗不見了。不久壂首的女兒自己回來了，她是在山裡走失的，漢人覺得不應該冤枉原住民，從此約定不再互相報復，大家為了紀念華麗，就把這裡叫作『華麗鎮』。」

「嘩！好勇敢的華麗，我開始喜歡自己的名字了。你說華麗到底到哪裡去了？」

「沒有人知道。也許被火燒死，也許還活著。」

「亂蓋！都三百年了，早就死了。」

「聽說在黑布森林裡常常可以看到一個女孩，紮兩條辮子，穿古裝的哦，在森林裡穿來穿去……」

「真的？哪一天帶我去看。」

「我故意嚇你的，你難道一點都不怕？」

「我是真的想去看看，你帶我去好不好？」

「不行！我爸準會打斷我的腿，這裡的人都不敢去那裡，有人去了之後嚇病了，你不能去。」

「不陪我去拉倒，我自己去。」

「拜託你不要一個人去，不然你爸會打斷我的腿。以後吧！我答應帶你去。」

「那還差不多。你剛剛說有白布森林、黑布森林，那紅布森林、綠布森林呢？」

「早被砍光了，漢人越來越多，要耕地要蓋房子，後來是蓋工廠。」

「糟糕！太晚了，我該回去了，別忘記我們的約定哦。」

我連奔帶跑地衝進診療室，興奮地大叫：「爸爸，我告訴你一個天大的……」話還沒說完就看見一個長得漂亮得不像話的女人抱著一隻嬌滴滴的貴賓狗，和爸爸有說有笑的，從那隻狗看主人，不像是什麼好東西。那隻狗眼睛太媚了，鼻子太溼，嘴巴抬得高高的，是隻裝模作樣的淑女狗，狗跟人太久了就會長得像主人，簡直像一個模子刻出來的。那個女人也有雪白的肌膚，油亮亮的媚眼，抬得高高的鼻子和嘴巴，她的鼻子上正冒著細細的汗珠。爸爸跟她說話的時候很慌張，我不喜歡看他這樣子。

「華麗，你什麼時候進來的，嚇我一跳，這是白小姐，白小姐是鎮長的女兒，你看她——的狗是不是很漂亮？」爸爸說這話時，眼睛不是看狗而是看著白小姐。

「你知道我不喜歡狗。」

「這隻狗是我見過最特別的狗，牠叫『茉莉』，很聰明，牠會跟著音樂跳舞哦。」爸爸為了證明他的話，馬上轉開錄音機，果然那隻狗有模有樣地扭動身體，我覺得噁心極了，看來那隻狗沒生病嘛！

「呵！呵！真是太可愛了。」爸爸傻笑著。

好不容易等白小姐走了，我大聲嚷：「你是不是迷上她了？」

「你說誰，茉莉啊！」

「討厭啦！你明明知道我說的是誰。」

「哦，她，不可能，誰會喜歡我這個窮光蛋，還……」

「還帶著一個拖油瓶。」

「亂講，你看她那麼漂亮，又那麼年輕，不可能的。」

「你如果要結婚，要經過我的同意哦！」

「是，女兒大人。」

3 巴夏花

爸爸的醫院安頓好，我也開始上這裡的小學。潘安比我高一年級，讀四年級。我們的班級很有趣，全班才四十幾個人，有閩南人、客家人、眷村的空軍子弟，還有從附近山區來的原住民，上課時大家講的話一樣，下課時就不一樣了，我常聽不懂人家在說什麼，想跟他們說話，他們老喜歡問些無聊的問題，像「聽說臺北人都很有錢？」「你是不是常逛百貨公司？」「中正紀念堂是不是很大？」，害我不敢隨便跟他們說話。

我對原住民很好奇，大概是聽了有關華麗的故事，特別注意班上的原住民，他們的皮膚黑黑的，眼睛很深很亮，鼻子高高的，遠看很漂亮，近看會嚇一跳，因為他們不喜歡人家盯著他們看，會狠狠地瞪你一眼。其中有一個女的叫巴夏花，聽說是魯凱族的公主，我一看就知道她跟我是同類的，第一，她不留長髮也不燙頭髮，當然最討厭綁辮子；第二，她不養小動物，小動物怕她，我親眼看見一隻狗在她面前，被她瞪得夾著尾巴逃；第三，喜歡看天空，常常在上課時，她的眼睛飄向天空，好像在等什麼東西掉下來；第四，她會吹口哨，而且吹得比我棒很多，後來才知道她也會口技，各種動物的叫聲她都會模仿。

有一次上體育課時，我坐在大樹下看降落傘，操場河溝的那一邊有個傘兵部隊，附近還有軍用機場，那裡常有飛機飛來飛去，我喜歡看傘兵從高空跳下來，像一大堆玉米爆成玉米花，由一個大巨人從空中撒下來，我想像自己就是那大巨人，左一把右一把，那感覺太棒了。這時我聽到鳥叫得好吵，不是一種鳥而是好幾種鳥在合唱，往樹上一看，看到巴夏花安逸地靠在高高的樹幹上表演口技。

「你下來好嗎？爬那麼高很危險的。」

「膽小鬼，爬樹都怕，你上來找我呀！」

「我不會爬樹。」

「樹都不會爬，還想跳傘。」

「你怎麼知道我想跳傘？」

「我會讀心術。」她邊說邊爬下樹來。

「少蓋了！」

「要不要我說你現在在想什麼？」

「你說呀！」

「如果說對，你的漫畫書借我看。」

「你怎麼知道我有漫畫書？」

「啊哈！你忘記了，我什麼都知道。」

「好，你現在開始猜吧！我開始想了。」

「那你先要把心抓住。」

「怎麼抓住？」

「心是會飛的，你要把它抓住，在心裡唸三次，然後什麼都

不要想。」

我照她的話做。

「你現在心裡在說：『絕對不要讓她猜到。』對不對？」

「騙人，我也會。」

「要不然你再試一次。」

我又照她的話做。

「你在說：『你脖子上的項鍊好奇怪！』」

「哇！你真是大騙子，大土匪！」

我要去打她，她跑著讓我追，我們跑過操場，跑過河溝，然後撲倒在草地上。

「告訴我，你怎麼知道的？」

「因為我是巫師的後裔，我的祖先華麗是個偉大的女巫師，因為她我族才能長久生存下來。」

「什麼？華麗不是個小女孩？」

「不，華麗是

豬螃束社大頭目的妹妹，她的全名叫Tagarushi Guri Bunkiet，她很聰明也很勇敢，當漢族與我族爭戰不停，雙方死傷很多，她說服各社頭目與漢族訂立私約，有人認為她是我族的叛徒暗殺了她，後來和約訂定，各頭目被授予官位，才承認了她的功勞，她被埋葬在黑布森林裡，是森林的守護神，漢族沒有一次能夠順利地越過黑布森林，我族才得到平安。」

「怎麼你跟潘安說的完全不一樣？到底誰說的才是真的？」

「華麗是我族人，你應該相信我呀！我家還保存她的畫像和衣物，你看我現在戴的頸飾就是她當年戴的。」

「嗶！好漂亮的石頭，借我看看。」

「這不是石頭，這是月石。」

「什麼是月石？」

「我的爸爸告訴我，在很久很久以前，天上有兩個太陽，有一天有個媽媽到園裡工作，太陽好亮好熱，她用掃把撐起雨衣遮太陽，把孩子放在裡面，過一會兒孩子不見了，只看到好多蜥蜴在爬，爸爸想，孩子一定是被太陽殺死的，於是他用箭射太陽，其中一個太陽受傷，光變暗了，變成月亮，月亮告訴他，孩子不是他殺死的，是因為他們從來不舉行祭祀得罪了天神，以後每年應該舉行祭典拜天，才會停止災難。那個人回去告訴族人，於是族人每年都舉行祭天的儀式，祭祀結束時，月亮掉出許多美麗的

珠子，大家就把它佩戴在脖子上，它可以保佑我們平安。」

「這故事好好聽，聽說你爸爸是大頭目？你們族人都做些什麼？他們人很多嗎？他們長得都跟你一樣嗎？」

「你的問題真多，哪天你到我家就知道了。」

「你帶我到黑布森林好嗎？」

「不行，那是我們的聖地，不能隨便進去。」

「傷腦筋，每個人都說不能去——咦，你看，那不是潘安嗎？」

我看見潘安從機場的跑道那一頭跑來，又從另一頭跑過去，天哪！在那麼多衛兵守衛下，他居然把跑道當運動場。

「喂！你們在這裡做什麼？鬼鬼祟祟的！」潘安不知從哪冒出來。

「你才鬼鬼祟祟的，你腦筋有問題啊！在飛機場跑道裡跑來跑去？」

潘安很得意地說：「我有隱形術，他們看不見我，我每天都要跑三、四趟，有一次我率領幾個同學偷襲，在機場裡面穿來穿去，居然都沒有人發現！你們說奇怪不奇怪？」

「我看你們都有問題，一個有隱形術，一個有讀心術，都是大騙子，大土匪。」

「那你會什麼？」

「我會——算術。」我說完便跑，只聽到他們在後面一面追一面喊：「大騙子，大土匪。」

華麗的繞口令

華麗到華麗
華麗找不到華麗
華麗不是華麗
你說華麗
他也說華麗

這個華麗不是那個華麗
弄得華麗臉色發綠

當我回家時喃喃自語唸這段繞口令，爸爸說：「你在背課文嗎？」

「不是啦。爸爸我問你，你知道華麗鎮地名的由來嗎？」

「不太清楚，以前好像聽你媽媽提過，好像是說最先到這裡開墾的人，看到這裡有花有樹，像花園那麼美麗，就把它叫『華麗』囉！」

「嘩！我要昏倒了。」

「怎麼了？」

「你們都是大騙子，大土匪！」

4 尋找華麗

為了弄清楚華麗真正的故事，我決定到黑布森林去，潘安曾經答應我帶我去，為了達到目的只有去纏他。當我在他家張望時，有一個很和氣的大姊姊跑過來。

「你要做什麼？看你在這裡站這麼久？你是對面楊醫生的女兒嗎？安安常提到你哦。」

「潘安在不在？」

「潘安？」

「潘子安啦！」她笑得眼睛瞇成一條線，雖然長得不漂亮，不過看起來很舒服。

「安安，他去外婆家，要很晚才回來哦，你找他什麼事？」

「找他——沒事。」

「要不要我替你轉告他什麼？」

「你是他的？」

「姑姑。你沒見過我，我倒常看到你。」看她好和氣，也許她會告訴我黑布森林在哪裡。

「潘姑姑，你知道黑布森林往哪裡走？」

「黑布——不，小孩子不能隨便去那裡，你不能去，安安也不能去。」

「我只是問問看，我們剛搬來，東南西北都搞不清楚，我想畫一張這裡的地圖，你看我都畫一半了。」

我真的畫了一張地圖，不過錯誤的地方很多，潘姑姑幫我修改很多地方，於是就變成這張亂七八糟的地圖。

雖然，潘姑姑一再叮嚀我不能去，我還是忍不住要去看看，黑布森林對我的吸引力實在太大了。騎腳踏車拐進國小旁的小路，繞過機場，過小橋，經過青果運銷處，一路上到處是綠油油的稻田、果園、椰林、檳榔林。

清甜的檳榔花香伴隨著我，似乎引導我前進，我用盡全身的力氣將車騎得飛快，小路上一個人也沒有。「唷呵！飛呀！飛呀！」我想像自己在天上飛，在海上飛，在樹林上飛，四周的景物也在飛。

在華麗鎮從來沒有這麼快樂過，媽媽將我取名為華麗，一定希望我來華麗，或喜歡華麗鎮，現在我知道了，我是屬於華麗鎮的，媽媽或許早就知道，當她有一天離開我時，我會來到這裡，喜歡這裡，在這裡我跟媽媽更接近了。我好像聽到她在說：「華麗，你要勇敢地向前走，媽媽一直在你的身邊陪著你，你知道嗎？」

不知道騎了多久終於看到黑布森林，它的外面有一道鐵絲網圍著，上面掛個警戒標示「原始森林切莫輕易穿越」，鐵絲網已經生鏽而且扭曲不堪，我很輕易地就鑽進去。

走了一會兒，樹林裡的光線越來越暗，這裡的樹木好高大，

白鎮長家
郵局
派出所
巴夏花家
黑布森林
蔬果營運中心
華麗家
華麗鎮
潘子安家
學校
傘兵訓練場

樹頂枝葉相連，樹幹上纏繞著樹藤，地上長的矮樹叢密密麻麻的，數不清看不清，有的比我還高，抬頭看不到天空，腳下看不到土地，怪不得叫黑布森林。可是這裡的空氣很清涼，鳥叫的聲音好聽極了。這樹林彷彿是塊大磁鐵將我吸進去吸進去，雖然有一種大葉子的植物不斷擋住我的去路，我仍小心地撥開草叢鑽進去。

真後悔沒帶手電筒，否則可以照照看地下有沒有蛇，想到蛇我才害怕起來，很想往回走。突然，在遠遠的前方，似乎有什麼東西在動，我加快腳步追上去，他也加快腳步，我實在很怕，可是樹林的吸力越來越大，我覺得是有人推我走，而不是我在走，事實上我的腳已經沒感覺了。

不久，我終於看清楚了，是個小女孩，不錯，她比我矮一點，留著辮子，穿著很舊很舊的藍布衫，一直往前跑，我一直追一直追，後來有一道光從林梢照射下來，好像鎂光燈照在她身上，她突然停住腳步，轉身往後看，也就是對著我看，天啊！她一定是華麗，潘安說的才是真的，華麗是個小女孩，而且一直沒有死，看她笑得多麼甜，似乎想跟我說什麼話，我一定要跟她說話，問她為什麼住在這森林裡，問她是不是變成神仙，你看，她在跟我招手呢！我加快腳步跟上去，不知跑了多久，突然踢到一顆大石頭摔一跤，然後就什麼都不知道了。

「華麗，你不要死！」不知道誰的聲音這麼吵，還咒我死，在幽暗朦朧中我看到一條狗，眼露兇光看著我，難道牠是神仙狗，居然會講話。

「華麗，好極了，你沒死掉，剛才嚇死我了。」我睜開眼睛，看到滿頭大汗的潘安，原來是他在說話。

「你別死呀死的，我不過是——哦，我的頭好痛。」一摸一個包，原來我摔跤撞到地上的石頭才會昏過去。

「你下次別這樣好不好，嚇都被你嚇死。」

「你怎麼來的，怎麼知道我在這裡？」

「我姑姑打電話到外婆家告訴我，她說怕你真的到黑布森

林，叫我來看看，吔，你真大膽，一個人居然敢來，好在有潘彼得幫我找人，要不然……。」

「誰像你，膽小鬼。我告訴你，被你說中了，華麗是個小女孩，剛剛她就站在那裡，哪，就是那顆樹下，她對我招手，又對我笑，你說奇不奇怪。」潘安的臉變得好白。

「怎麼，你害怕了，膽小鬼。」

「人家都說這裡鬧鬼，天快黑了，我們還是趕快走吧！」潘安拖著我，潘彼得一路「嗚嗚」地叫，我們跑得像風一樣快出了森林。

回到家，天已經黑了，一進門看爸爸氣黑了臉，潘姑姑焦急地走來走去，我知道我又闖了大禍。

「你真的去了黑布森林？」我點點頭，爸爸搖搖頭。

「你這孩子，膽子這麼大，如果出了什麼意外，你叫爸爸怎麼跟你媽媽交代？你……」

「對不起！」

「你給我上樓去，寫一篇六百字的悔過書，沒寫完不能吃飯也不能睡覺。」哇！上次才寫兩百字，這次加了三倍，可見爸爸真是氣瘋了。

「楊醫生，小孩子嘛，總是不懂事的。」

「潘小姐，謝謝你，如果不是你發現得早，這孩子不知道會怎樣，真是感謝。」

進了房間才知道累慘了，勉強撐著眼皮，寫了下面的悔過書——

悔過書

爸爸：

這是我的第十九篇悔過書，爸爸一定不會再相信我的話，如果您是華麗，我是爸爸，您一定也會去找華麗，我也一定會生氣。我不怪您生氣，您也不要怪我好嗎？我今天看到華麗高興得

後來大概是太累睡著了，醒來時爸爸正在看我的悔過書，他的鏡片後面有小小的光，爸爸摸著我的頭說：

「睡吧！不用寫了，這樣就可以了。」

「爸爸，你不生氣了？你相信我的話嗎？我看到華麗了，她沒有死，一直沒有死！」

爸爸點點頭。他真是個好爸爸。

5 大地戀歌

「潘安，你的姑姑今年幾歲？」

「你問這幹嘛？」

潘安把身上大得離譜的T恤拉到頭頂上走來走去，他很喜歡作怪，說這樣像個高大的「無頭鬼」，我覺得他真噁心。

「你不要管，告訴我就對了。」

「她好老了，你別問，問了會昏倒。」

「好老了，到底是幾歲？」

「二十八、二十九、三十，好像是三十吧！」

「那是有點老，不過沒關係，我不討厭老女人，她沒結婚吧？」

「笨！結了婚怎麼還跟我們一起住。」

「那她有沒有男朋友？」

「沒有吧！她除了到農會上班，幾乎都是在家。」

「她怎麼不結婚呢？」

「結婚是要靠緣分的，緣分沒到，急也沒用。」

「哇，好有道理喲。」

「是我爸說的。咦，你問這麼多幹嘛？」

「最高機密。」

「不說拉倒。」

「我爸爸答應我這個禮拜天帶我上山去找巴夏花，你也去，

你姑姑也去，大家一起去好嗎？」

「當然好，可是我姑姑是不會去的，她從來不喜歡郊遊，只喜歡看電視，然後哭得唏哩嘩啦的。」

「說不定哦，要不要打賭？」

「打賭就打賭，輸的人跑操場十圈。」

磨磨蹭蹭地溜進診療室，很不巧地碰到白小姐和白小狗，我正想溜，卻被爸爸叫住。

「華麗，白小姐邀請我們這個星期天到她家玩，她家有游泳池，你不是最喜歡游泳?你說這個這個……」爸爸高興得語無倫次。

「華麗，你一定要賞光哦，穿最漂亮的衣服來哦。」白小姐笑得好假，我猜她每次來找爸爸，都是穿最漂亮的新衣服，你看她那件滾滿荷葉邊的白紗洋裝，看起來像個棉花糖。

「爸爸，你不是要跟潘姑姑約會嗎？」

「約會？」

「是啊，說好的，到山上去玩。」

白小姐的笑忽然凝固。

「那沒關係，下次還有機會嘛！茉莉的傷口弄好了吧？我該回去了。」

「等一下，白小姐……」

可愛的白小姐走了，留下可恨的我，還有氣得快吐血的爸爸，他低著頭整理東西故意不看我。

「爸爸，你去約潘姑姑，我們這個星期天一起去找巴夏花。」

「你自己去約，我在忙。」

「我知道你喜歡白小姐，可是我喜歡潘姑姑呀！以前我們想的做的都一樣，為什麼現在不一樣了？」

「華麗，你不應該在白小姐面前瞎編故事，說我跟潘姑姑約會，你這樣是不對的。」

「對不起嘛！我真的不想去白小姐家，而且你先答應我帶我去巴夏花家的，怎麼可以不守信用？你不是說要找個機會謝謝潘姑姑嗎？現在我給你製造機會了。」

「好，說不過你，不過，說不定人家會拒絕我哦。」

爸爸打電話約潘姑姑，不久他跟我眨眼睛，潘姑姑答應了！倒楣的潘安。

好不容易等到星期天，我們一車四個人一條狗，浩浩蕩蕩開往山區霧臺鄉，是巴夏花的家，我們四個人爸爸、潘姑姑、潘安和我好像約好似的都穿了牛仔褲、球鞋，潘安那個大嘴巴說：「我們好像一家人哦，爸爸、媽媽、哥哥、妹妹，還有愛狗。」看潘姑姑羞紅了臉，我趕快說：「你阿達呀！是愛犬不是愛狗

啦！」「都是你對！我們是阿達一族。」潘彼得好像知道我在說牠，挨到我身邊想跟我親熱，舌頭伸得長長的，害我嚇得到處躲，大家笑得東倒西歪。

車子大約走了半小時就到達山區，這裡比城裡荒涼多了，走好久才看到一棟房子，大片的矮樹叢聽爸爸說是瓊麻和樹薯，都是這裡特殊的經濟作物，瓊麻可以製草繩、

草席；樹薯可以食用，爸爸一路給我們介紹植物名稱，有時潘姑姑也加進來補充，很快的我們走到吊橋，吊橋過去就是巴夏花的家了。我從沒走過吊橋，剛開始用跑的，吊橋搖晃得好厲害，趕快停下腳步蹲下來。

「哈，膽小鬼，你總有害怕的時候了吧？」潘安得意地說，扶著吊橋更加用力地搖晃。

「安安，不要鬧，你看華麗的臉都嚇白了。」潘姑姑嚴厲地指責潘安，他這才停下來，可是，這時我發現自己全身不能動彈，想站站不起來，爸爸扶我潘姑姑拉我都沒辦法改變我的「蹲姿」，後來你知道我是怎麼過吊橋的嗎？用抬的。

「華麗，潘安，你們終於來了，我等你們等得快打瞌睡了，華麗，你怎麼變成這樣？」

「她啊！膽小鬼啦，天不怕地不怕就怕過吊橋。」

「過吊橋有什麼好可怕的，我還騎腳踏車過去呢！」

等我落地，看到巴夏花打扮得可真漂亮，頭上纏著頭巾珠飾，脖子上一圈又一圈的頸飾，下身穿著桶裙，膝下用黑布纏著，手上戴著好幾個釧鐲。

「巴夏花，你今天好漂亮哦！」看到她我已經忘記剛才的事。

「你的腳纏這麼多布，跑得動嗎？」潘安說。

「這是我『姆姆』小時候的衣服，她以前也是公主哦，今天是我們村裡五年一次的『祖靈祭』，好多在外地的族人都趕回來參加，我哥哥也回來了，他要參加『成年禮』，這是很重要的事。」

「什麼是『祖靈祭』和『成年禮』？」

「我族人相信祖靈每五年自大武山南下一次，為了迎接祂，我們要舉行盛大的祭典。成年禮是小孩晉升為大人的儀式。」

「看來我們來得正是時候，聽說這裡好久沒有舉行這麼盛大的祭典了。」爸爸興奮地說。

「是呀！今年是最特別的。」

巴夏花帶我們到她家，她的爸媽也盛裝在門口迎接我們，她家門口有兩個高大的木雕柱子，雕刻著百合花，百合是魯凱的圖騰，巴夏花說這是頭目家的標誌，他們住的是新蓋的水泥房子，牆上貼著五顏六色的馬賽克，旁邊有一間石板屋是以前住的。

「這麼小的房子，可以住人嗎？」我好奇地問。

「以前住七個人呢！祖父、爸媽，還有我們兄弟姊妹四個人。石板屋住起來很涼爽很舒服的，我爸媽還常跑過去住呢！」

巴夏花的媽媽長得很漂亮，她很少說話，臉上一直帶著笑容，不停拿東西請我們吃，有沒吃過的像芋頭乾、栗米糕，也有常吃的汽水、糖果、洋芋片。因為他們也現代化了，家裡有冰箱、電視、洗衣機，也常到超級市場買東西。巴媽媽拿著一疊衣服對我招招手，巴夏花推我進房間。

「幹什麼？」

「不要動，我姆姆要給你穿她結婚時的禮服，她從來不讓我穿，也不隨便給別人看哦！」

那件衣服是黑色的，四邊鑲著珠花，巴媽媽一面幫我穿一面解說，什麼「沙其落」「夏落」，我一個字也沒聽懂。不久我就變成一個山地公主了。當我從房間走出時，大家都瞪大眼睛。

「我不認識你了。」這是爸爸說的。

「你們像是一對姊妹花。」這是潘姑姑說的。

「哇，帥呆了！」這是潘安說的。

這時有個小弟弟對我笑，巴夏花說是她弟弟「巴山」，他們有一模一樣又黑又亮的大眼睛。

「你不是還有哥哥、妹妹嗎？怎麼沒看到他們？」

「我哥哥『巴顏』已經到會所準備參加祭典了，我妹妹『巴藍』在生病，她老是生病，現在正躺在房裡。」

「好可憐哦，那她不能看到祭典了。」

「沒關係，她也不喜歡參加，她的脾氣怪怪的，不愛講話也不太理人。」

「她幾歲？有沒有上學？」

「七歲，本來是有，後來常請假，就在家休息了。」

這時外面傳來嘈雜的聲音。

「快，祭典快開始了。」

巴夏花拉著我走到司祭家，司祭家樑上懸有一個神物袋，聽說是祖靈的神位。屋子裡擺著好幾個陶罐，裡面也是裝著祖靈。

廣場上站著一排赤裸著上身的少年，頭上包著白頭巾，他們等一下要通過一項試驗，兩排年長的人手拿蕁麻枝，等少年通過時，他們要鞭打少年，如果抱著頭跑得很快的會被譏笑是「膽小鬼」；如果抬頭挺胸走得很慢的就會被稱讚。

「你看那個人好好玩，身上塗著泥巴，他怕被打呢！真是膽

小鬼。啊！巴顏要通過了，你看他頭抬得好高，走得慢慢的，他真勇敢。」巴夏花高興地拍手，我也跟著她拍手，原來成年禮是這樣的，真有意義，我很想參加，可是巴夏花說只有男生才能參加，女生另有別的儀式。

接著開始舉行賽跑，巴夏花說是maragrag，是成年禮中最重要的儀式。這時有一個老人向新級少年訓話，報告比賽規則，訓話的內容大約是這樣：「汝等已經成年，須對部落服從，須守紀律，服從上級的命令。」等神槍一響，穿著白衣的少年競相往前跑，跑道兩旁有鵝卵石作標誌。巴顏跑得很賣力，我們拚命為他加油，結果他跑第二名，得到的獎品，居然是一個籃球。這個禮物真是太棒了，巴顏緊緊抱住那個籃球，露出勝利的笑容。

祭典到這裡告一段落，緊接著是晚上的夜宴與歌舞表演，夜宴中的新貴是剛進階的少年們，他們戴著羽冠穿著禮服唱歌跳舞，其中有一個少年聲音好美，唱著情歌：「唉加安呂燕音那馬無力圭吱腰礁瑪圭礁勞音毛噃沒生交那音毛夫孩如米生吱連。」

他的歌喉實在太好了，所有的人都靜下來聽他唱歌，巴夏花的爸爸替我們翻譯這首歌的意思是：「夜間難寐，從前遇著美女子，我昨夜夢見伊，今尋至伊門前，心中歡喜難說。」這時我看到潘姑姑和爸爸對看一眼，然後同時低下頭。

突然，一個披散頭髮的老女人不知從哪裡跳出來，她全身顫

抖，嘴裡唸個不停，巴夏花小聲地說她是部落裡的「女祭司」，她瞪大眼睛往我這邊跳，一面指著我一面說：「瑪貽那恩蒂希。」我嚇得直發抖，躲到爸爸的背後，那巫師好像不放過我，繞過爸爸的身體又跳過來。這時巴夏花的爸爸攔住她，跟她說了很多話，女巫這才不情願地走開。

「爸爸，怎麼回事？我好怕。」

「不要怕，沒事的。」

6

我不能說話

爸爸問巴夏花的爸爸巴頭目為什麼巫師會指著我大叫，巴頭目又疑又懼地看著我說：

「巫師說她身上有惡靈附身。」

「我不信這個，你看她把華麗嚇壞了。」爸爸著急地說。

「真對不起，我也沒想到會發生這種事。你們今天是我的貴客，讓你們受驚，真是抱歉。請不要將這事掛在心上，讓我敬你一杯吧！」

巴頭目的熱誠化解了我們的疑慮。歌還是那麼好聽，舞也還是那麼好看，我的心卻不知跑到哪裡去了。

「巴夏花，為什麼巫師說我的身上有惡靈附身？你相信她說的話嗎？」在原始熱鬧的歌舞中我問坐在身邊的巴夏花。

「巫師是不會說謊的，我們族裡的人都相信她，會不會是上次你到森林去遇見什麼？」

「對啊！上次在森林裡，我看到華麗，她跟我招手，我想追上她，後來就跌昏了。」

「你的運氣真好，真的看見華麗了？我想見她都見不著呢！她長什麼樣子？」

「圓圓的臉圓圓的眼睛，綁著辮子，個子比我矮一點。是個小女孩。」

「不對不對，你看錯了，華麗是個老老的女巫師。」

「小女孩。」

「女巫師。」

「好，如果你還要跟我辯，我就不再跟你說這件事了。」

「好嘛！先別管她是女巫師或小女孩，你最近有什麼不對勁嗎？」

「不對勁？」

「譬如說一下吃很多東西啦！因為你現在是一人吃兩人補嘛！或者說，常做怪夢？變得很容易生氣？變得很愛說話？聽見什麼怪聲音？」

「這跟愛說話有什麼關係？我本來就很愛說話。」被她這麼一說，我的肚子咕咕叫起來，最近的確好像特別容易餓，吃得也特別多。

「看巫師被鬼魂附身的時候，都會說很多話，說話的聲音也不一樣了。」

「那怎麼辦呢？」我越想越害怕，趕快往嘴裡塞進一個糖果，好像在餵另外一個「人」。

「那得施行驅靈術。」

「誰會驅靈術？難道去找你們部落裡的巫師？」

「我會，我是巫師的後裔，偷偷地跟現在的巫師學過法術。」

看巴夏花的樣子一點也不像在騙人，我有點相信她了，不過我倒不急著想驅靈，我想跟她——另一個華麗，在我身體裡的華麗說話。

「你先教我怎麼跟身體裡面的靈魂說話。」

「那很簡單。我族相信人的身上都有善靈跟惡靈，善靈在右邊，惡靈在左邊。首先你要齋戒三天，齋戒就是不能吃肉喝酒，不過那是大人的齋戒，至於小孩嘛！就是不能吃糖果或吃亂七八糟的零食。在這三天裡面，你要向左側睡，將左邊的惡靈壓住，並不時地打左邊的身體，說「瑪貼那思」意思就是「惡靈」，你一面說一面將它打跑，還有三天裡，不能對別人說任何一句話。三天之後，透過巫師——也就是我的作法，你就能跟她說話了。」

「向左側睡，不吃糖果零食，那還可以，叫我不說話那可難了，像我這麼愛說話，一天不說都會憋死我。」

「那就隨便你囉！如果你破戒，就不必找我了。」

巴夏花把頭揚得高高地走了，她的樣子真像很有辦法的巫師。

我一定要做到，為了能跟在我身體裡的華麗說話，一定不能破戒。華麗一定有話跟我說，才會對我招手，如果我們能夠溝通，華麗會告訴我很多很多事。為了做到不開口，我用毛筆在手

心寫著「我不能說話」五個字，這樣如果有人要跟我說話，就有對付的法寶了。

在那三天裡，全世界的人似乎都跟我作對，特別喜歡跟我說話，好像故意要破壞我的戒律。

首先是潘安，就在我放學回家時，看到他在家門口等我，他嘴還沒開，我就推開他想進門去，沒想到他攔住我。

「華麗，潘彼得生病了，不知道是什麼病，我擔心死了，你爸呢？我等他好久了。」

我雖然同情他，可是萬萬不能開口，只好把手掌張大給他看。

「我——不——能——說——話，為什麼不能？我的狗快死了，你還故意裝作啞巴，你太不夠意思了。」

我急得快把頭髮扯下來，怎麼樣也說不清楚，乾脆掙脫他的拉扯逃回家。我想這下子該平靜了，沒想到一進房間就看到爸爸留的字條，上面說他到白小姐家，要吃過晚飯才回來。這是他第一次把我扔在家裡跟別人吃飯，他什麼時候跟白小姐偷偷摸摸地來往，居然沒有經過我的同意。我好生氣，越生氣肚子越咕咕地亂叫，打開飯鍋沒飯，飯桌沒菜，冰箱裡都是一些糖果、餅乾、牛肉乾、豆腐乾之類的零食，我看了快哭出來了。沒辦法只好淘米煮飯，弄了半天爸爸終於回來了，我有一肚子的話想說，卻不

能說話，放下飯碗，我以最大分貝的聲量哭號起來。

「華麗，你怎麼了，是不是氣爸爸沒回來吃飯？我說要帶你去白小姐家是你不去的嘛！你看我給你帶吃的回來了，是你最愛吃的炸雞奶油蛋糕哦。」

我聽了哭得更大聲，那些東西光聽就讓人流口水，也讓人傷心。我想問他為什麼要去白小姐家？為什麼留下我一個人？可是，我不能說話！我的哭聲越來越大，大得我的耳朵也快受不了了。

「華麗，有話慢慢說，不要哭那麼大聲，鄰居都聽到了。」

爸爸摀著耳朵，一副受不了的樣子。我只好又把我的手掌張大給他看。

「怪孩子，為什麼不能說話？是不是在學校犯什麼錯？老師罰你不能說話，我就知道，你太愛說話了，所以老師要你閉嘴對不對？不說話就不說話，吃東西總可以吧？」

我一直搖頭一直哭，後來實在太累就睡著了。好在人會睡覺，否則還真難熬。更倒楣的

是，第二天上國語課時，從來沒問過我問題的老師，竟然問我問題。我站得直直的，嘴裡像塞了三個滷蛋，一句話也說不出來。老師一再地問話。

「你怎麼了？怎麼不說話？如果不會就說不會，老師不會處罰你的。」

我一直搖頭，後來不得已只好又張開我的手掌給老師看。

「你的手怎麼這麼髒，還給老師看！」

這時班上的同學笑得東倒西歪，原來毛筆字在睡覺中變糊了，只看到黑黑髒髒的一片，還好巴夏花站出來為我說話。

「老師，楊華麗今天不舒服，她感冒喉嚨痛，不能說話。」

「是嗎？那為什麼給我看髒手呢？」

「她一定是在手上寫字說不能說話，也許是字變糊了。」

看來巴夏花真的有讀心術，她替我說出心裡想說的話。我更相信她是個厲害的法師了。

好不容易捱過三天，巴夏花說：「現在通過第一項考驗，今天放學後我們到黑布森林去，東西我都準備好了，你看這是木偶，上面刻有華麗的名字，這是法杖，我跟爸爸借的，還有葫蘆、小鐵刀、樹皮三片、豬皮三塊、牛骨三片。」

「嘩，作法要這麼多道具啊！這太好玩了，好像真的一樣，可是，你不是不能去森林嗎？」

「我現在是以巫師的身分去當你的保護神，從現在開始你不可以叫我巴夏花，要叫我『依尼巫司』，知道嗎？」

「是，依尼壽司。」

我們放學後一起進入黑布森林，巴夏花，不，是伊尼壽司的腳步極快，她走在森林裡，好像在逛百貨公司，輕鬆極了，我在後面跟得很辛苦卻不敢叫。不知走了多久，終於走到那棵華麗失蹤的樹邊，奇怪的是它的四周沒有長草，地上平平的，好像常有人到這裡似的，那棵樹好高好粗，看不到頂端，因為被密密麻麻的矮樹遮住了。

「好，我們就在這裡作法。你戴上這個。」

巴夏花遞給我她的月石頸飾，讓我掛在脖子上，她將小石頭堆成一座小山，然後在旁邊生一堆火，把葫蘆、鐵刀、樹皮、豬皮、牛骨放在小山前，一面繞著小山轉，一面喃喃自語，她的手裡拿著法杖，看來不過是一支插了羽毛的棍子，「跟著我轉。」伊尼壽司說。我跟著她轉，兩個人越轉越快，越轉越快。

巴夏花的咒語

你不知害羞侵入別的小孩的身體，這小孩並非你的。你不怕刀？不怕弓箭？你即使躲到海角我也可以找到，一刀把你劈了。你即使躲到洞裡，我也可以找到，一箭把你射死。

「好，轉了一百圈了。現在惡靈已經被趕跑了。我們要找到華麗，現在坐下來，拉著我的手，跟著我唸，望著火不要動。」

巴夏花一面說一面將木偶丟進火裡。

老實說我轉得頭昏腦脹，根本只能喘氣和呻吟，還好巴夏花太專心作法，沒有注意我。奇怪的，不久我陷入恍惚的狀態，依尼壽司好像也變成另一個人，看來她的確是巫師的後裔，她的身上充滿魔法，我相信華麗不久就會出現了。

火熊熊地燒著，在靜靜的森林裡，它好像是一隻橘紅色的怪

獸，有好多個眼睛好多個嘴巴，張大不斷張大，快要把我們吞進去。我感到害怕，華麗，你在哪裡？為什麼你一直沒有出現。

忽然，附近的草堆裡面有什麼東西在動，我跟巴夏花高興得跳起來，當我們走近「她」時，又沒動靜了，就這樣，我們不動，她動，我們動，她不動，我叫喊著。

「華麗，你出來，我知道你在這裡，出來跟我們講話，我們不是壞人。」

森林裡安安靜靜的，好像連蟲叫的聲音也聽不見。過一會兒，「她」跑了而且跑得好快，我們拚命追，巴夏花也跑得好快；把我甩在遠遠的後面，眼看她就要往山區跑，又一會兒，就消失在樹叢中。

「真討厭，都是這塊石頭擋路，要不然早就追到了。」

「呼呼呼，你等等我行不行，我的腳好痠。」

「還等？人都跑掉了還等？等一下，你看這是什麼？」

「什麼？你難道不認得？這是樹呀！」

「你看這邊的樹跟那邊的樹有什麼不同？」

「這邊的樹比較矮，而且矮很多。」

「對了，有人在這裡種樹，這些樹是以前沒有的，以前這邊的山區坍方，光禿禿的一片，這些樹剛種不久，只有我們一半高。」

「是誰種的？難道是華麗嗎？」

我想不是華麗種的，那些樹種得糟糕透了，有的早就枯死，而且種類很多，其中還有一株玫瑰、一株杜鵑花，看來這個人很喜歡花。可是，這些花都長得很醜，一副發育不良的樣子。

7 誰要種樹？

「爸爸，我告訴你一個天大的消息，華麗在黑布森林裡種樹。」

「什麼什麼？顛三倒四的，你在森林裡種樹幹嘛？」

「不是我啦，是另外一個華麗。」

「你怎麼知道，又是你的膝蓋告訴你的手指頭的嗎？」

「不，是我親眼看見的，現在我知道她為什麼一直沒有離開森林，她要保護那個森林。也許她對我招手，就是邀我參加種樹的工作，對了，就是這樣，她故意帶我們去那個地方，就是要我們幫忙她種樹，因為她不太會種，花啊樹呀都快死了，好可憐哦！」

「你這怪孩子，話一下不要講那麼快好不好。」

「可是樹已經這麼多了，幹嘛還要種呢？」

「樹越來越少，當然要種了，你知道我們地球上每年有多少樹林在消失？」

「有一百萬棵嗎？」

「不只，大約是一千一百到兩千萬公頃的林地。」

「嘩，這麼多，是真的？」

「森林就好像一個大城市，大樹是摩天大樓，小樹是公寓樓房，草木植物是住家和商店。如果這些樓房被破壞，樓房下的土地也會消失不見。森林好比一個大水庫，它幫我們貯存乾淨的地

下水，消容百分之七十的雨水，如果沒有它們，樓房都要倒塌的。」

「那我們多種樹不就成了。」

「砍樹容易種樹難。森林的形成十分不容易，尤其臺灣多高山，地勢很陡，森林被破壞之後，會造成嚴重的水土流失，甚至水源乾竭。森林被砍伐後，必須用幾十年甚至上百年才能補救。你說森林裡有人種樹，可能是霧臺鄉的人種的。上次我們到霧臺鄉，巴鄉長告訴我，這幾年他們住的山區水土流失很厲害，每到颱風或豪雨時，不是土石流就是到處坍方，這是濫砍森林造成的後果。很多人不敢再住山上了，他們打算向鎮長陳情，展開造林及水土保持工作，這的確是一件相當緊急的事，看來有人迫不及待先做了。」

「是華麗種的。」

「你這孩子，爸爸怎麼跟你說呢？華麗就華麗吧！」

「爸爸，我們也去幫忙種樹好嗎？」

「好呀！我們需要多一些人手。」

「那還不簡單，你、我，還有潘安、潘姑姑、巴夏花、巴顏夠多了吧？」

那一個禮拜天，我們六個人載了一車的樹苗，來到華麗種樹的地方，爸爸看到那些樹不禁笑起來，東倒西歪的，有的埋太淺，有的根本沒長出來，看來華麗是個笨神仙。而且樹的種類太多太雜，又有奇形怪狀的花栽。爸爸指揮我們先將土剷軟，拔草，去石塊，種樹苗，澆水，施肥。我們種的樹以相思樹為主。爸爸說這種樹既漂亮，成長又快速，它含有「精油」、「單寧」，可以驅走害蟲，而且可以用來培植香菇。如果一切順利的話，它每年可長二至三尺，別看它現在只有五十公分，明年它就比爸爸還要高了。爸爸拿著尺測量固定距離，作記號，將所有的樹都編好號碼，大家都忙得很起勁。

「姊姊，哥哥。」

「誰呀？」

「巴山，你怎麼來了，還有爸爸媽媽、鄰居好多人都來了。」巴夏花高興得又叫又跳。

「我們來幫忙你們呀！」巴山才五歲，手裡拿著一株很迷你的樹苗，看起來可愛極了。

「巴藍呢？」

「她身體不舒服，沒有人勸得動她。」巴媽媽憂慮地說。

巴鄉長率領一些村民加入我們，大家工作得更起勁，有的人剷土，有的人插苗，有的人唱歌，我自己帶一些紅絲帶，綁在樹上作記號，這樣就記得哪棵樹是我種的，潘姑姑幫我綁絲帶，潘彼得興奮地跑來跑去，眼看整個光禿禿的坡地就要種滿樹苗。

這時白小姐突然出現，這次她既沒有帶白小狗也沒有穿新衣服，只穿著T恤及牛仔褲，就算這樣，她看起來還是像個公主，她手裡也拿著一些樹苗。

「白小姐，你怎麼也來了？」巴鄉長禮貌地問，大部分的人都楞在那裡，一個千

金大小姐出現在這偏僻的山村裡，的確令人意外。

「我來參加你們，歡迎嗎？」白小姐說話時一直看著爸爸，爸爸也有點心虛，一定是他邀白小姐來的。

「不歡迎，我們已經種好了。」我沒好氣地說。

「華麗，不可以這樣沒禮貌。」爸爸罵我。當著這麼多人罵我，難道他喜歡白小姐比喜歡我多？

「本來就不歡迎，我又沒約她，你約了潘姑姑又約她，你朝四暮五。」

「吔，是朝三暮四啦。」潘安小聲地提醒我。

大家都很尷尬，於是草草結束工作，各自分頭回家。回到家，爸爸很嚴肅地對我說話。

「我知道你喜歡潘姑姑，可是你不能因為這樣就排斥別人呀！」

「我沒有排斥別人，只有排斥白小姐。」

「你為什麼那麼不喜歡她？她有什麼不好？」

「她不好就是不好，你不要那麼兇地看我嘛！」

「爸爸告訴你，白小姐可能是你未來的媽！」

「不要不要，一千個不要一萬個不要。」

「你這樣讓爸爸好為難，你一點都不了解她，就這麼排斥她，這是不公平的，你們應該多一點時間在一起，培養感情，她是很好的人，她答應要疼你的。」

「你不守信用，你以前答應我結婚要經過我的同意。」

「現在談結婚還太早，我會等你答應的；但你也要答應我，不要排斥她，多接近她好嗎？」

「如果我答應你，你也答應我嗎？」

「一言為定，絕不後悔。」

「一言為定。」

「過幾天，白小姐的爸爸白鎮長做壽，他邀我們參加，你也一定要去哦。」

「好吧！」

為了赴白小姐家的宴會，我故意穿一件最醜的衣服，大綠點的T恤加牛仔短褲，配上超級短的頭髮，我決定今天對任何人都不笑，就算是爸爸一直講笑話逗我，我還是不笑。

當我們到白家時，客人已經擠得滿滿的。白家布置得很漂亮，也很俗氣，不能說是「華麗」，因為它不配用這兩個字眼，客人們聽說都是鎮裡的「重要人物」，像農會總幹事、鎮代、鎮代主席，銀行經理，還有醫生、大老闆。停在外面的車一輛比一輛高級、豪華，好像在舉辦汽車展示會。白小姐穿一件粉紅色紗紗的晚禮服，更像棉花糖。她一看到我就親熱地招呼我。

「華麗，你怎麼穿短褲來，為什麼不穿上次我送你的衣服？」

我想我臉上的表情大概很不好看，她馬上把視線移開我的臉，轉到爸爸的臉上，然後親親密密地挽著他進門去了。

宴會好無聊，除了吃飯就沒什麼事好做，菜又上得很慢，大人們好像也沒在注意吃什麼，他們的眼睛看著彼此的嘴巴，嘴巴說個不停，我真替他們擔心菜送錯地方！這時不知誰提到黑布森林。

8 那些人的陰謀

「鎮長，聽說你要把黑布森林改建成遊樂場跟跑馬場，你的眼光真是獨到啊！」

「呵呵！這樣不但可以使本地多一處觀光勝地，也可以增加一些地方收入。遊樂場的名字我都想好了，就叫『維也納森林遊樂場』，你們說這名字是不是很響亮？」鎮長摸著他那圓鼓鼓的肚子很得意地說。

「維也納森林，真美，到時可以跟奧地利的維也納森林媲美了。」

「這個遊樂場將是西南部占地最大的森林遊樂場，預計分為兩區，一區是森林公園，公園裡有烤肉區、露營區；另外一區是

跑馬場，比后里馬場還大，也可以養一些迷你馬讓遊客過癮，馬加森林夠浪漫吧！」

「鎮長的頭腦真是金子打造的，將來這森林一定可以繁榮地方，賺進大筆財富，華麗鎮會變成新的觀光據點，這真是太好了！」

「森林裡都是野生的樹，怎麼跑馬？」

「當然得先砍掉一部分的樹，那麼我們就有全國最大的跑馬場了。」

「那片樹林砍掉也好，占據這麼大片土地，卻不能使用，早該把它砍掉。」

「黑布森林緊鄰著霧臺山區部落，林裡還有一些他們舊的祖靈遺址，恐怕會引起反彈吧？」

「反對歸反對，這個開發案已經計畫多年，勢在必行，誰也不能阻止。」

黑布森林將變成烤肉露營區，還有跑馬場，那是華麗鎮僅存的原始森林，也是「華麗」住的地方，如果森林真的被砍掉，以後華麗就沒有家了，這該怎麼辦？

「鎮長，我認為這個計畫不可行！開發地方可以，絕不能犧牲森林！」一直保持沉默的爸爸終於開口了，太棒了！他是站在我這邊的。

白鎮長的眼光像刀子一樣直射向爸爸。

「楊醫生，你剛回來這裡不久，對這裡了解還太少，華麗鎮是個窮鎮哪！我為了開拓地方財源，不知花費了多少心血，才得到上級的同意，開發這個遊樂場，沒有人可以改變得了這個計畫。」

「據我所知，這個森林緊鄰著山區，在以前是屬於保安林，

法令放鬆之後，這裡四個森林只剩一座，它是山區原住民的『神聖之林』，也是守護神，如果真的不顧他們的反對砍伐森林，後果誰來負責？砍一棵樹就得慎重，更何況是一片森林？」

這時客廳裡好安靜，氣氛變得很僵，白鎮長的臉色很難看。

「吉普，快別說這件事了，以後再說吧！」美麗的白小姐用她美麗的眼睛頻頻向爸爸使眼色。

「我沒說錯什麼！倒是你，這個計畫進行這麼多年，你一定知道吧？為什麼從來沒聽你提起？」爸爸冷冷地說。

「我……」白小姐的臉脹得好紅，說不出話來。

爸爸拉著我往門外走，這時白鎮長又說：

「你最好少管我們的事，你不能改變什麼。」

當我們走出白家時，白小姐追上來。

「吉普，這件事你千萬不能衝動！」

「你知道這個計畫吧？你說，你知不知道？」

「知道，我早就知道了！知道了又有什麼用？」

「你這嬌貴的鎮長千金，砍掉森林對你當然沒什麼意義，但對別人意義可大了！」

「你怎麼可以說這種話?!你一點也不了解我！」

白小姐生氣地走了，我暗暗高興，也替爸爸感到驕傲。

「爸爸，你一定要救森林，否則華麗快沒地方住了。」

巴夏花的族人知道黑布森林將被砍伐的消息，果然很震忿，外地的青年有的投書抗議，有的回來商議對策，就在那片我們一起栽種的相思林地，大家討論應該怎樣才能拯救森林。

「我們應該聯合署名，然後向政府請願，中止這項計畫！」

「我們應該辦一次盛大的遊行，抗議這個計畫！」

「我們在鎮公所前面靜坐抗議！」

「我們辦記者招待會，表達我們族人的心聲！」

大家的提議很多，情緒也很熱烈，這時沉默很久的巴鄉長終於說話。

「不能讓別人誤解這是我們族人跟平地人的紛爭。反彈過度會再度挑起族群仇恨，這件事要慎重一些才是。」

「我贊成巴鄉長的想法，保護森林是大家的事，是霧臺鄉的事，也是華麗鎮的事，我們應該呼籲更多的人來反對這件事。」爸爸表情很凝重地說。

「我們要跟別人不一樣，辦一場又嚴肅又輕鬆的抗議活動！」說話的是巴顏，他真聰明，我太崇拜他了。

「什麼叫做既嚴肅又輕鬆，傷腦筋，辦園遊會嗎？」潘安搖晃著大腦袋說。

「辦演唱會好了，我最愛唱歌了。」巴夏花說。

「辦化裝遊行，既可以演又可以唱又可以說，你們說怎麼

樣？」爸爸提議。

「化裝遊行？太好了，不過化裝成什麼呢？」巴顏說。

「我們的主題就是『拯救森林』，有的人化裝成樹，有的人化裝成挖土機，有的化裝成財團，有的化裝成官僚，他們要毀滅森林，森林發出哀號，有的人唱歌，有的人跳舞，有的人發傳單，有的人表演。我們不要口號，也不要吵鬧，就這樣遊行主要道路，很和平的。」爸爸說。

「這個主意不錯，讓我們動員起來吧！我們多的是會唱歌會跳舞的少年，巴顏，你組織村裡的少年，楊醫生你是總策畫，我是總召集人，怎麼樣？」巴鄉長說。

大家都對這個活動興奮極了，潘安打算打扮成一棵樹，我看他不用打扮就像一棵大王椰。他說要把潘彼得打扮成一頭小老虎；巴夏花打算扮演森林女神；巴山是一棵被摧殘的幼苗；至於我嘛，只想扮演挖土機，到時，我將穿上一個大紙箱，外面漆得黃黃的，還接上一條用保麗龍做成的大怪手；爸爸扮演代表財團的大老闆，其他的

人有的扮演政府官員，有的扮演樹木。所有的道具和衣服都是我們自己做的，潘姑姑幫我們做衣服，巴鄉長寫傳單，大家玩得不亦樂乎。

遊行那一天，真是太精采了。我所說的精采是出糗連連。當我們出現在街道時，有的人拍手，有的人沉默地看著我們。首先由扮演森林的一批人又唱又跳，表演一段「森林之歌」，然後森林女神出來，像大地之母一樣保護著森林，一大堆動物圍著她打轉，有小鳥、老虎、小鹿、熊寶寶，這些動物有的是爸爸醫院裡的「臨時動物演員」改裝的，有的是人扮演的，當然這裡面還有一直活蹦亂跳的小老虎——潘彼得；這時，暴風雨來了，森林裡的樹木倒塌，可怕的商人出現了，官員出現了，接著是挖土機（我），壓路機，森林全部倒塌，森林在哭泣，所有的人一齊唱歌，有的用魯凱語唱，有的用閩南語唱，有的用客家語唱，有的用國語唱。

大概是因為我們很和平，只是不斷唱歌跳舞，沒有喊口號，也沒有暴力的行為，大家都很支持我們，有的人乾脆也加入我們，我們的隊伍越走越長，越走越長。我們唱得喉嚨啞了，走得腿痠了，有的人哭了，但是，我們都很高興，這是一場成功的遊行。除了小老虎潘彼得現出原形，我的怪手斷了，女神的頭紗被風吹跑，飛禽走獸不聽指揮滿街亂跑，爸爸的商人扮相太像日本

人，小幼苗巴山半路「罷工」，樹葉樹枝沒有黏緊不斷掉下來，引起路人陣陣的爆笑。除此之外，一切都很棒！

9 惡魔的壞把戲

我們的遊行不但引起很多人的響應，而且許多記者都來採訪報導，說我們的抗議是「一場具有原創性的表演」「和平幽默的化裝舞會」「最有爆破力的抗議」，他們用極大的篇幅報導黑布森林的過去現在未來，他們呼籲所有的人一齊來保護森林。看來我們打了一場漂亮的勝仗！

誰知道我高興得太早。有一天放學回家，看見家裡的門窗玻璃被打得支離破碎，牆上還被漆紅色的大字：「外地人滾出去！」我嚇死了，爸爸卻說：「他們以為這樣就能嚇跑我，我絕不屈服。」

接著是潘彼得，不知被誰下毒，當潘安抱牠到爸爸的診所時，牠已口吐白沫，四肢痙攣，一向吊兒郎當的潘安，急得眼淚都掉出來了。

「求求你，不要讓牠死，牠是我的好朋友！」潘安一直對爸爸重複這些話，潘彼得在痛苦的掙扎中，眼睛一直望著潘安，眼淚從牠的眼角流下來。我看了也不禁掉下淚來，原來這麼久以來，我不知不覺喜歡上牠，看牠這麼痛苦，真希望能夠替牠分擔一些。以前一直以為我不喜歡小動物，現在才知道，我只是假裝不喜歡牠們，因為牠們是這麼脆弱，這麼容易消失。

爸爸，你一定要救救牠！上帝！求祢救救潘彼得，我的心默默地祈禱，希望奇蹟出現。

經過爸爸的急救，潘彼得還是死了，爸爸既疲倦又難過地說：「對不起，我已經盡了力，可是牠中毒太深，發現也太晚，真對不起！」

潘安一面抹眼淚一面跑回家，爸爸要我追上去安慰他。

「不要管我，我要報仇，我要殺死兇手！」

「不要這樣嘛！你又不知道誰殺的，搞不好是潘彼得不小心自己吃到農藥中毒死的，你們家農藥這麼多。」

「不會不會不會，潘彼得才沒那麼笨，牠只吃我餵牠吃的東西，一定是有人害牠，都是你們啦！搞什麼化裝遊行，把我的狗害死了，你們賠我！」

「你只關心你的狗，今天你的狗死了，也許明天別人的狗也死了，那怎麼辦？你的狗已經沒救了，難道你不救別人的狗嗎？」聽到這裡，潘安才停止哭泣。

「那怎麼辦？我不要別人的狗也死掉。」

「我爸說這是一項陰謀，有人想對付我們，我們不能害怕也不能退縮，我們要找出真正的主謀。我爸爸已經報警了，警察會幫我們調查真相。現在我們應該快點將潘彼得葬起來。」

我們決定把潘彼得葬在黑布森林的相思樹旁，牠在這裡不會感到寂寞，因為有華麗陪著牠，還有我們種的樹，潘安哭得好傷心，潘姑姑、爸爸和我怎麼勸也沒有用。

「潘安，你不要哭了好不好，再哭我也要哭了。」

「你別裝了，我知道你根本不喜歡牠，你是冷血動物，你巴不得牠死。」

「誰說的？昨天晚上我寫了一篇『祭潘彼得文』，你要不要替我唸？」

「真的？」

祭潘彼得文

潘彼得：

記得第一次遇見你，就害你摔一跤，常常，我想對你說：「對不起、謝謝，我愛你。」卻沒有勇氣，現在你肯原諒我嗎？風蕭蕭兮易水寒，壯狗一去兮不復還！

潘安終於相信我是在乎潘彼得的，這才安心地葬好牠，當我們正要往森林外走時，一股濃煙不知從哪裡冒出來，很快地就把我們包圍。

「不好了，森林起火，華麗、潘安，抓住我，潘小姐緊跟著我們！」

我抓住爸爸的皮帶，煙越來越濃，遠遠地傳來樹枝被燒噼噼啪啪的聲音，火！我看到火！它正快速地吞噬這個森林，我們會不會也被這場大火吞掉呢？

火越來越大，這時在遠遠的某棵樹旁，我看到華麗，她在向我們招手。

「爸爸，華麗來救我們了。」

「在哪裡？四邊都是煙，你看錯了吧！」

「不會，我看得很清楚，你看，她在那裡，她要我們跟著她。」我掙脫爸爸的手，往華麗站的地方跑去。

「華麗，停下來，不要！」

我沒有停下來，好不容易等到華麗，她繫著小辮子，臉上有

焦急的表情，我要去找她，也許她也能帶我去找媽媽，她去的地方一定很美很好。

「等等我呀！華麗，讓我牽著你的手，一次就好。」

華麗果然停下腳步，讓我牽著她的手，她的手跟媽媽的手沒有兩樣，很柔軟很溫柔，我們就這樣手牽手，不斷地往前跑，我一點也不害怕，華麗在保護我，她要帶我去一個既美麗又安全的地方。

跑了不知多久，我想我們已跑出森林，正在往山上走，當我們爬到一個山崖往下看時，森林已經陷入一片火海之中，糟糕，爸爸跟潘姑姑、潘安沒有跟來，我對著森林大叫他們的名字，又對華麗說。

「請你救救他們，拜託！」

華麗低頭看看正在燃燒的森林，眼睛裡飽含著淚水。

「太遲了！讓我們一起祈求神明保佑吧！」

她雙手抱在胸前祈禱，我跟著她一起做，不知道過了多久，天上閃電大作，接著下了好大好大的雨。

「太好了，我們的祈禱有效了，你看吧，大雨會把火熄滅的。」

我笑了，華麗也笑了，我們全身被雨淋得溼溼的，那有什麼關係，我從來沒有這麼喜歡下雨，雨啊！你盡量下吧，把火熄

滅，讓爸爸跟他們逃出來，讓森林保存下去。

「華麗，以後你還會住在森林裡嗎？」華麗沒有回答。

「我還可以看到你嗎？」華麗也沒有回答。

她只是鬆開我的手，從她的頸子上拿下一條鍊子放在我的手裡，是月石，跟巴夏花一模一樣的頸飾！當我正要謝她時，她已經要往山上爬了。

「等等我！華麗，別走！」

華麗走得好快，在另一個高高山崗上站著一個穿白衣的女人，她的頭髮長長的，看不清她的臉，她在向華麗招手，華麗正要走向她。難道她是媽媽？難道我已到了天堂：「媽媽！」我大聲地叫。

那女人似乎嚇了一跳，深深地看我一下，便拉著華麗消失在高高的山上。

雨下得好大，我從來沒見過這麼大的雨，好像上帝派一堆消防隊來滅火一樣，不久，森林的火一處處熄滅了，只剩下一團小火，接著真正的消防車也來了，不久警車來了，好多好多的車子。我沿著山路下山，遠遠地看見爸爸抱著潘安在哭，對著森林喊我的名字。我跑到他們背後大叫：「我在這裡。」他們轉頭看到我，爸爸緊緊抱住我，潘安則大叫：「討厭鬼，誰叫你亂跑，我以為你死了呢！」

那場雨從晚上一直下到隔天早上，警察在火場邊抓到兩個可疑份子，將他們帶回去偵訊。回家後我一直嘮叨不停。

「是華麗，她好偉大，好厲害，只要這麼一拜，雨就下了！」

「你是不是嚇到了，要不要看醫生？」爸爸被我煩透了。

「你的腦袋是不是燒壞了？」潘安也說。

「我才沒有，那雨真的是華麗變的，是她救了我們大家，她帶我到了天堂找媽媽，我真的沒騙你們，你看這是她送我的項鍊。」

「這種東西到處都是，巴夏花不也有一條？」潘安說。

10

活在夢想裡

自從淋了那場雨，我生了一場大病，在床上躺了整整一個星期，巴夏花來看我時，迫不及待地跟她提到華麗救我們跟森林的事，並把頸飾拿給她看，她仔細看了一看，然後瞪著我。

「是巴藍的。」

「巴藍是誰？這名字好熟呀！」

「就是我妹妹呀！上次你到我家，她正生病躺在屋裡，她從小就怪怪的，不愛說話，也不愛上學，每次帶她去上學，她就偷跑回來，我們都拿她沒辦法，她只喜歡往山上跑，或往森林跑，原來你碰到的華麗就是她。」

「你騙人，她不是巴藍，她是華麗。」

「我沒騙你，這個頸飾是巴藍的。現在她也在生病，病得比你嚴重，一直昏睡，發高燒，我爸媽急死了。」

「你騙人！你騙人！我什麼話都不要聽。」我越喊越大聲，眼淚一直掉出來，我寧願她說的是假的。

這之後有好幾天我都不太想說話，爸爸發覺不太對勁。

「你怎麼了，有什麼心事告訴我好嗎？」

「騙人，都是騙人的啦！」

「什麼騙呀騙的，你說清楚一點好嗎？」

「巴夏花說巴藍就是華麗，華麗就是巴藍，騙人的，華麗不是巴藍，巴藍也不是華麗！」

「你越說我越迷糊，是不是又在繞口令了？」

「我沒有，為什麼我一說話就說我在繞口令，我說的都是真正的話。」

「好了，那慢慢說，大概是爸爸我的耳朵退化了，跟不上你說話的速度。」

好不容易才向爸爸解釋清楚，他卻笑了。

「原來是這樣，那還不簡單，我們直接去看巴藍不就知道，她的病這麼重，我們去看她也是應該的。」

當我們到巴鄉長家，看到好多人，有認識的有不認識的，這裡面有一個人我們沒想到她會在這裡出現，那就是白小姐。爸爸看到白小姐，兩人好尷尬，他們已經有好久沒有講話了。

巴藍躺在床上，她的頭好燒，臉好憔悴，雖然如此，我還是看得出她長得跟華麗很像，可以說是一模一樣，但是我還是不相信她就是華麗，華麗不應該是這樣的，華麗很活潑很開心，充滿神力，絕不會病歪歪地躺在床上。

「我沒騙你吧！你看到的華麗是不是她？」巴夏花靠過來小聲地跟我說話。我沒有回答。

「她病得這麼重有沒有看醫生？」爸爸問。

「有呀，才從醫院送回來呢？醫生說是感冒引起的肺炎，只要高燒退了就沒事了，如果不退……」巴鄉長憂慮得臉皺成一

團。

「還好這幾天白小姐一直在這裡幫忙，開車送來送去，要不然不知道該怎麼辦？」巴媽媽說。

「是呀！是呀！白小姐是個好人，常常來這裡幫助我們。」一個我不認識的鄉民說。

「她比教堂裡的修女還好心，年年都帶領大專生來這裡義務課業輔導、義診，還舉辦很多活動。」又一個鄉民說。

「是呀！巴藍只聽她的話，她教巴藍好多好多的事。」巴媽媽說。

白小姐被說得不好意思跑出去了，爸爸楞了一會兒也跟著出去，我也想跟出去，卻被巴夏花拖住。

「這些事為什麼你都不告訴我？」

「我以為你早知道了呀！白小姐本來就跟我們很好。」

「我一直以為她是壞人，原來她是好人。」

「誰像你亂七八糟的，把巴藍當作華麗，又把好人當作壞人。我看你呀顛倒生顛倒長的。」

「巴藍幹嘛到森林裡去種樹呢？」

「白小姐以前就辦過很多保護森林保護生態的活動，她是社會系畢業的，對社會活動很熱心，巴藍大概受她影響的吧？」

「那她為什麼不阻止她爸爸砍樹的計畫？」

「我也不知道，大人的事太複雜了。」

「怎麼辦？我錯怪白小姐，她會不會不理爸爸？」

我以為白小姐不再理會我們，沒想到她不但不生爸爸的氣也不生我的氣，很奇怪的，從此之後，我越看她越順眼，爸爸當然也是囉！現在我們總算想的一樣。傷腦筋的是，我也喜歡潘姑姑，同時喜歡兩個人算不算背叛呢！還好潘姑姑說沒關係，不管怎樣，我們永遠是「親愛聯盟」，她又說祝福爸爸和白小姐，這一切太美好了！

警察在火場旁邊抓到的嫌疑犯，經過偵訊之後，發現是鎮裡的財團唆使的，他們也是「維也納森林開發計畫」的提案人之一，其中有一個還是鎮民代表，他們想包攬森林開發工程，為了達到目的不擇手段，讓許多鎮民不齒他們的行為，更加反對森林開發計畫。愛護森林，拯救森林，已經變成大多數人的共同願望。讓我覺得華麗鎮真是個可愛，充滿正義的地方。

巴藍的病經過醫生的治療，以及大家的細心照料，終於康復了。她還是不喜歡說話不喜歡上學，不過卻多了好幾個「親愛聯盟」，潘安、巴夏花，還有我，我們常常在山林裡一起遊玩一起探險，當然還常常去探望「我們的樹」，它們越長越高，希望過不久成為一座又新又美的森林，跟原始森林不同的是，它是我們種的，也許我們會為它取個名字，叫「藍布森林」或「黃布森林」之類的；也許還會有新的森林不斷形成，紫布森林、橙布森林、灰布森林……。到時候，華麗鎮會變成既光華又美麗的森林之鎮；也許臺灣會有更多更多的華麗鎮，變成一個既光華又美麗的森林之島，不要以為我又在編繞口令，我說的都是真正的話！

告訴你們一個小小的祕密——我仍然相信華麗是存在的，她躲在森林裡，有的時候唱歌，有的時候奔跑，她跟所有人躲迷藏，玩遊戲，她很善良很勇敢很可愛，有的時候她什麼也不做，只是發呆或是睡覺，她永遠也不會老，因為她要保護森林，所以她可以不用上學不用長大。如果你在森林裡碰到她，千萬不要喊她也不要嚇到她，因為她要專心地聽風的聲音，雨的聲音，樹木長大的聲音；她也要不斷地唱樹的催眠曲，讓樹木快快長大。

樹木催眠曲

嗯嗯嗯哈哈哈
樹木樹木快長大
嗯嗯嗯哈哈哈
風風雨雨不要怕

潘安又養了一隻狗，牠的眼睛大大的嘴巴大大的，頭上的毛又鬈又長，他決定把牠叫作「潘越雲」，因為牠長得實在太嫵媚了。

我現在沒有養狗的計畫，也許有一天我會養一種什麼寵物，但是家裡醫院裡的動物實在太多，我照顧牠們都來不及。有人說，沒有養過寵物的不算是真正的小孩，我想有一天，我還是會養的。

巴夏花的巫術雖然不太靈光，她可不死心，正在研製一種「制止打嗝的草藥」，她說有一天要遍訪臺灣所有的山地巫師，編成一本《巫術大全》，爸爸說這個計畫不壞，也許是臺灣人類學裡一部有趣的著作哩！

每個人都有每個人的夢想，我的夢想還不太確定，唯一能確定的是，我喜歡活在夢想裡！

【後記】

二度純真

寫童書似乎是跟隨孩子成長的想像物，兒子睡前的故事都是我瞎編的，最常說的是有關「虎鼻獅」的故事，有一次說到虎鼻獅走丟了，找不到回家的路，看不到爸爸也看不到媽媽……，說到這裡才三四歲的他在暗黑中嚎啕大哭，眼淚不止，哄了好久才好些，孩子的心這麼脆弱，不能把故事說得太慘，讓我意識到童話必需從孩子的心靈出發尋找一個給與力量的故事。

回首看這個故事，想說的話似乎很多，臺灣曾被日本人想像為「華麗島」，尤其是熱帶南方，是作家夢想中的北非，卡謬的阿爾及利亞，電影《海角七號》帶來大批遊客，他們眼中只看到海，卻忘了北大武山與熱帶森林。南方一直被過度浪漫地想像著，我所生所長的南方是一望無際的綠，稻田與原始森林、充滿靈氣的北大武山，小華麗代表的是臺灣的歷史與記憶，因此有漢人版本、原住民版本……而始終沒有真正的版本，在童書中要裝載這麼沉重的議題，只有以角色分裂來說明，空間上的華麗鎮，漢人的華麗、神話的華麗、原住民華麗……，它是一個小孩追求夢想與真相的成長故事，也是有關樹與森林的故事。

我愛熱帶森林，它是神祕與神聖的象徵，這故事表達的不只是搶救森林，或者只是一個保護生態的故事，而是我們即將要失去的神祕與神聖。如今故鄉中的森林早已變成跑馬場或公園，霧臺的魯凱族被八八水災被迫遷村，以前魯凱與排灣常通婚，生出的孩子自嘲為「魯肉排骨」，現在他們寄居在山地門排灣中，變成真正的「魯排」，山林之災比我們想像的可怕，從小我生活在原民區中，早已原民化了，猶記前幾年到霧臺過年，滿山遍野的百合與櫻花，家家戶戶門前都有百合圖騰為飾，連小耳朵都是百合造型，如斯愛美的百合族裔與靈氣充盈山谷，一場大水被土石流淹沒與摧毀，我聽見他們祖靈的哭泣。

把這麼沉重的故事包裝在一本童書中委實過度嚴肅，只有在人物與對話中加強，小華麗的聒噪與愛說繞口令；滿腦子數字的獸醫爸爸，調皮搗蛋的潘安，會巫術的巴夏花，以及看似壞女人其實是森林天使的白小姐……，我想讓故事更有趣更吸引人，如果沒作到，希望在下一本能讓夢想成真。

寫童書讓我找回二度童年，是更純真與美好的童年，跟現實恰恰相反，我的童年陰鬱苦悶，二十歲才好一些，在婚姻中家鄉在夢魂中頻頻浮現，母家雖不完美卻是唯一的生命泉源，寫此書時我苦苦想念著娘家，因為這樣我願頻頻回首，重塑一個美麗世界。

謝謝九歌讓這本書再度面世，距離舊版已二十年，絕版十幾年，在更講究環保與生態的此時，也許還有些意思。

周芬伶

於二〇一四年五月

九歌少兒書房 233

小華麗在華麗小鎮

著者 周芬伶
繪者 賴昀姿
責任編輯 鍾欣純
創辦人 蔡文甫
發行人 蔡澤玉
出版發行 九歌出版社有限公司
臺北市八德路3段12巷57弄40號
電話／25776564・傳真／25789205
郵政劃撥／0112295-1
九歌文學網 www.chiuko.com.tw
印刷 晨捷印製股份有限公司
法律顧問 龍躍天律師・蕭雄淋律師・董安丹律師
初版 2014年6月
初版 2 印 2017年8月
本書曾於1993（民國82）年6月由皇冠文學出版社印行。
定價 **260元**

書號 0170228
ISBN 978-957-444-947-7
（缺頁、破損或裝訂錯誤，請寄回本公司更換）

國家圖書館出版品預行編目(CIP)資料

小華麗在華麗小鎮 / 周芬伶著 ; 賴昀姿圖. -- 初版. -- 臺北市 : 九歌, 民103.06
面 ;　公分. -- (九歌少兒書房 ; 233)
ISBN 978-957-444-947-7(平裝)

859.6　　103008267